밥밥
별별
밥

하늘우물

하늘우물은 하늘 아래 누구에게나 골고루 이야기를 들려주는 샘물과 같은
출판사예요. 오디오북과 어린이 책을 만들어요.
좋은 책을 만들어 어느 곳이든 퍼져나가게 하여 물이 생명을 살리듯
희망을 주자는 깊은 뜻이 오롯이 담겨 있어요.

퐁퐁 동시샘

밥밥별별밥

박소명 동시 | 신외근 그림

하늘우물

우리 함께 밥 동시를 읽어 봐요

어느 날 글쓰기 교실에서 연필을 깎는데 어린이 친구들이 말했어요.
"와, 연필밥이 많이 쌓였다."
"그러게, 누가 연필밥 좀 버려 줄래요?"
무심코 말하다가 번쩍! 떠오르는 게 있었어요.
'아하, 먹는 밥 말고도 톱밥, 쇳밥, 도맛밥, 개구리밥, 괭이밥 별별 밥이 다 있네.'
그래서 친구들과 밥이 들어가는 말들을 함께 찾아보며 이야기꽃을 피웠지요. 저는 이 '밥'들을 동시집으로 묶고 싶다는 생각으로 50편의 동시를 쓰게 되었어요.

'밥'은 사람이 살아가는 데 없어서는 안 될 소중한 에너지원이에요. 특히 우리 민족은 밥과 깊은 관련이 있는 것 같아요.
'밥이 보약', '밥심이 최고', '밥 한번 먹자', '밥은 먹고 다

니느냐?', '밥벌이는 하느냐?', '밥맛없는 녀석', '그래서 밥 먹고 살겠냐!'

이런 말들이 자연스럽게 일상에 쓰이고 있잖아요. 밥은 생명을 이어가게 하는 에너지원을 떠나 사회적 역할과 삶의 이치와도 연결되어 있다는 것을 알 수 있지요?

그러나 무엇보다 '밥'은 사람과 사람 간의 '정'이 아닐까, 생각해요. 그중 가장 가깝고 크게 다가오는 것은 엄마의 따스한 밥일 거예요. 밥을 같이 먹는다는 것은 식구이거나 친밀한 사이를 말하지요. 우리 함께 밥을 먹듯이 즐겁게 밥 동시를 읽어 볼까요?

여러분 마음속에 소중한 밥, 다양한 밥, 우리 민족과 함께 살아온 밥 이야기가 차곡차곡 담기기를 바랍니다.

박소명

| 차례 |

시인의 말

1부
이런 밥 저런 밥

2부
산에도 밥, 들에도 밥

3부
생각이 깊어지는 밥

4부
먹자, 먹자, 맛있는 밥

이런 밥 저런 밥

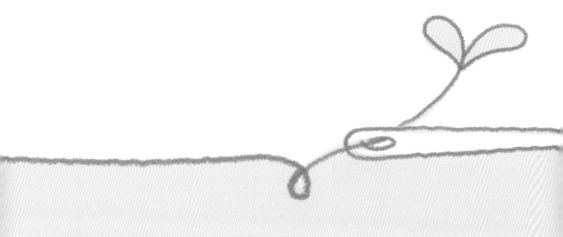

연필밥

뱅글뱅글
돌고 돌아

동글동글
연필밥 지어 놓고

연필은 또
일할 준비를 합니다.

매끈매끈
뾰쪽한 매무새로

으쓱!

자신만만하게
공책에게로 갑니다.

*연필밥: 연필을 깎을 때 깎여 나오는 나무 부스러기

가윗밥

촘촘한 홈질*로
둥그런 주머니를
만들었어요.

이를 어째요?
천 끝이 당겨져
옆구리가
오글쪼글하네요.

-걱정 마요.
얼른 달려온 가위가
삭둑! 삭둑!
가윗밥을 주었어요.

그제야 주머니가
후유~
옆구리를 펴네요.

*홈질: 옷감 두 장을 포개어 바늘땀을 위아래로 뜨는 바느질
*가윗밥: 천 따위에 가위로 잘라 만든 틈, 모서리 둥근 부분 모양이 틀어지는 것을 방지

12

바늘밥

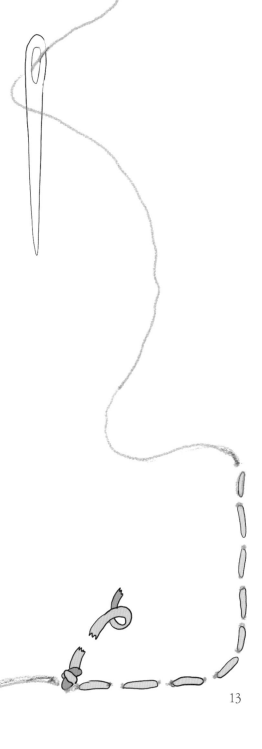

동강동강
실 동강

한 땀 한 땀
바느질하면서
바늘이 한 밥

동강동강
실 동강

이 짧은
바늘밥도
열심히
일해야만 지어진다.

*바늘밥: 바느질을 하다가 생긴 짧은 실 동강

13

톱밥

겨울에도
톱밥 무더기 품속은
후끈후끈하지.

푸근한 품에서
오동통한 굼벵이들

꼬물꼬물 꼬물꼬물
먹고, 놀고, 잠자고

뒹굴뒹굴 뒹굴뒹굴
놀고, 먹고, 잠자고

봄이 되면
은빛 날개 퍼덕이는
장수풍뎅이들이
피어오를 거야.

*톱밥: 톱으로 나무 따위를 자를 때 쓸려 나오는 가루

실밥

언니 교복
소매에 달린
저 실밥

삐죽
내다보며
빼꼼
눈치 보며

떨어지지 않으려고
안간힘 쓴다.

화낼까 말까
고민, 고민하면서
꾹 참고 있는 언니처럼

옷깃에 숨어 있다.

*실밥: 옷 솔기 따위에서 뜯어낸 실 부스러기나 꿰맨 실이 드러난 부분

쇳밥

쇠를 깎는 일을 하는
영준이 아빠는

쇠를 깎을 때
쇠가 내지르는 비명을
고스란히 들어야 한대.
비명에 붙어 나오는
거스러미를 떼어 내면
수북해지는 쇳밥처럼
고단함이 쌓인대.

그래도 영준이 떠올리면
반짝거리는 쇳밥이
눈물겹도록 고맙대.

*쇳밥: 쇠붙이를 깎을 때 떨어지는 잔부스러기

18

도장밥

꾸욱!
찍는 순간
약속이 이루어지지.

도장, 네 덕분에

찍고 나면
내내
큰 힘을 발휘하지.

도장, 네 덕분에

아니야, 아니야
나 혼자 한 게 아니야.

도장밥하고
둘이 함께 이룬 거야.

*도장밥: 도장을 찍을 때 묻혀서 쓰는 붉은빛의 재료, 인주라고도 한다.

뗏밥

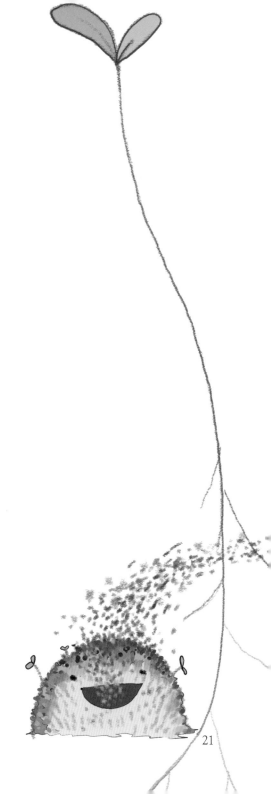

비
바람
햇빛
거름도
맛있는 밥이지만

가끔은
솔~
소올~
솔~
뗏밥을 주세요.

맛있게 먹고
튼튼한 뿌리를 뻗을게요.

할아버지 묘소를
푸르게 푸르게 가꿀게요.

*뗏밥: 한식 때 떼가 잘 살라고 무덤에 뿌려 주는 흙

21

도맛밥

송송송
탁탁탁
또각또각

도마는
명랑하게
노래하지만

속으론 운대요.

날카로운 칼날이
왜 안 무섭겠어요.

도맛밥 보면
도마가 몰래 흘린
눈물이란 걸 알아주세요.

*도맛밥: 도마질할 때 생기는 부스러기

23

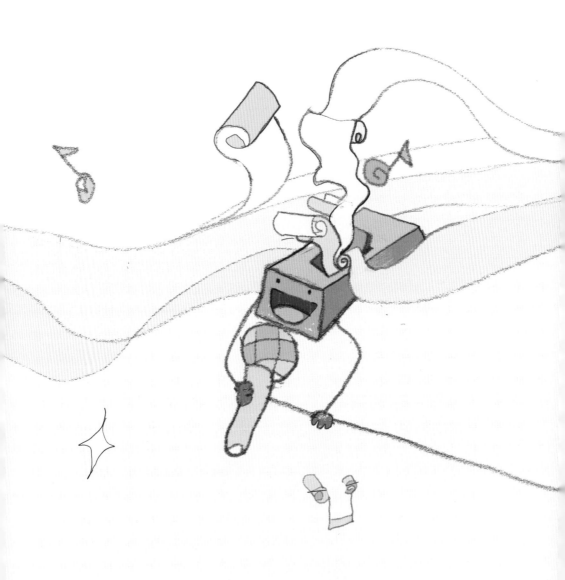

대팻밥

치프치프 치프 치이프

대패는
일할 때마다
노래한다.

치프 치프치프 치이프

대패는
노래하면서
밥을 짓는다.

치프 치프치프 치이프

노랫소리 따라
동그르르르르 말려 나오는
밥을 짓는다.

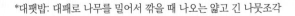

*대팻밥: 대패로 나무를 밀어서 깎을 때 나오는 얇고 긴 나뭇조각

글밥

1학년 윤지가
밥을 먹는다.

　　그림 동화책
　　듬성듬성한 글밥

　　　읽고 또 읽고
　　　되새김질까지 하며

　　　　또박또박 천천히
　　　　맛있게 먹는다.

*글밥: 책에 들어 있는 글자의 수

26

귓밥

도톰한
이모 귓밥에
귀걸이가 반짝

머리카락이
살짝 가려 주니
보일락 말락
더 예쁜 귓밥

이모 맘씨처럼
귓밥이 빛난다.

반짝반짝
이모가 빛난다.

*귓밥: 귓바퀴의 아래쪽으로 늘어진 살

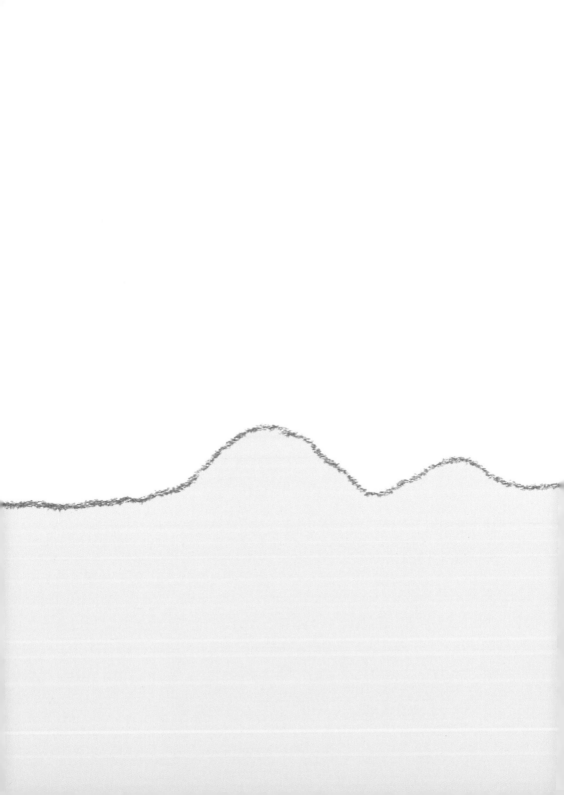

2부

산에도 밥, 들에도 밥

뱀밥

아기 손가락만 한
조그만 방망이, 방망이들

뱀밥 뱀밥 뱀밥 뱀밥 뱀밥

밭두둑에
나란히 나란히 서서

찌잉 찌지지지직~
봄빛을 충전한다.

곧 몸을 부풀려
커다란 도깨비방망이로
변신할 것 같다.

*뱀밥: 쇠뜨기, 여러해살이풀로 모양이
        뱀을 닮아 뱀밥이라고도 불린다.

괭이밥

배탈 난
들고양이
풀밭 약국에 가더니

여기 기웃
저기 기웃

-찾았다! 소화제!

새콤한 괭이밥 약
야금야금 먹고

라일락 향기 아래
코오~ 한숨 잔다.

*괭이밥: 괭이밥과에 속하는 여러해살이풀

개구리밥

동동동동
개구리밥

볏논 마을
연둣빛 양탄자

뻐끔뻐끔
올챙이가 누워 놀고

뒤룩뒤룩
개구리가 뛰어 노네.

기분 좋은 양탄자
햇살 웃음 반짝반짝

*개구리밥: 여러해살이 물풀

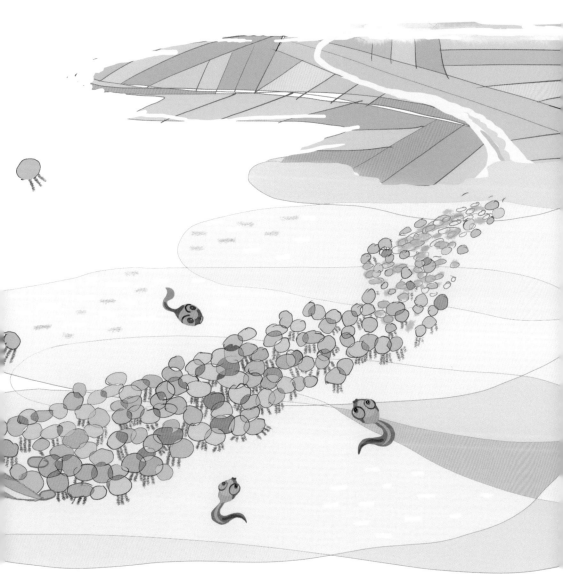

연밥

연밥은
연못 안테나

고개 쑥 올리고
전파를 보낸다.

-뚜뚜 연못으로 와.
밥이 다 되었어.

낮에는
배고픈
새들을 불러 먹이고

-뚜뚜뚜뚜뚜
밥 아직 많아.

어두운 밤엔
낮에 못 온
너구리를 불러 먹인다.

*연밥: 연꽃의 열매

며느리밥

입가에
하나, 둘

해마다
하나, 둘

여전히
배고파도
며느리밥풀꽃은

밥풀
딱 두 알

*며느리밥풀꽃: 꽃에 밥풀 무늬 두 개가 있는 한해살이풀

산새밥

산새밥은
하늘하늘

가느다란 허리
하늘하늘

지나가는 새들
쉬었다 가라고

배고픈 새들
밥 먹고 가라고

잔바람에도
하늘하늘

*산새밥: 높은 산에 사는
 여러해살이 풀

꽃밥

꽃밥은
조그만
꿈 주머니

-퐁! 퐁! 터트려
슝! 슝! 날리자.

꽃가루
가득 품고

꽃밥은
지금
꿈꾸는 중

*꽃밥: 꽃가루주머니

조팝

양지바른
산기슭에 내려온
저 흰 구름 좀 봐.

몽실몽실
몽글몽글몽글몽글
몽실몽실몽실몽실몽실
몽글몽글몽글몽글
몽실몽실몽실

한 무리
조팝꽃 꽃구름
쉬고 있는 것 좀 봐.

*조팝(밥)나무: 봄에 하얀 꽃을 피우는 산자락이나 들판에 자라는 떨기나무

꿩의밥

꿩꿩!
꿩들이 노래하면

꿩의밥도
다 지어지지.

풀밭이
송송송송
지어 놓은 밥

꿩들이
풀밭 식탁에서
맛있게 먹고 놀지.

*꿩의밥: 풀밭과 산에 사는 여러해살이풀

박태기

박태기
박태기
분홍분홍
밥풀때기

가지마다
곱기도 하지.

박태기
박태기
덕지덕지
밥풀때기

가지마다
많기도 하지.

*박(밥)태기나무: 봄에 붉은 꽃을 피우는 주로 공원에서 볼 수 있는 나무

이팝

이팝나무 마을에
쌀밥이 수북수북

며칠이 지나도록
쌀밥이 수북수북

고봉밥 지어 놓고
모두 어디 갔을까.

바람이 불 때마다
후르르르 후르르르
밥알이 떨어지네.

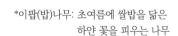

*이팝(밥)나무: 초여름에 쌀밥을 닮은
하얀 꽃을 피우는 나무

까치밥

감나무에
차려진 까치밥

신이 난 까치
이 가지로 깡충
저 가지로 깡충

-깍깍깍깍
잘 먹겠습니다!

목청 한 번 돋우고

콕콕콕콕
맛있게 먹는다.

*까치밥: 늦가을 수확하고 까치나 새들이 먹게 남겨 두는 감

3부
생각이 깊어지는 밥

한솥밥

바쁘다 바빠
빵 가게 사장님

바쁘다 바빠
제빵사도, 판매원도

빵 잘 만들고 싶고
빵 잘 팔고 싶은

모두
한솥밥 먹는
빵 식구지.

*한솥밥: 같은 솥에서 푼 밥

새벽밥

힘이 아주 센 밥은?

콩밥?
귀리밥?
혼합 잡곡밥일까?

그건
멀리 출근하는
외삼촌이
새벽에 먹는 밥

외삼촌은 지쳐도
외숙모가 정성껏 지은
새벽밥 덕분에
힘을 낼 수 있대.

*새벽밥: 날이 밝을 무렵에 일찍 짓는 밥

간질밥

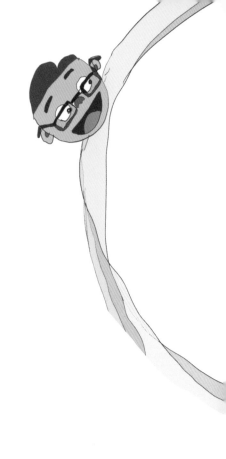

은호가
뾰로통해지면

아빠는
간질간질
간질간질

은호는
싫어
싫어
소리치면서도

하하하하
아하하하하하하하

눈물 나도록 웃으며
간질밥 먹는다.

*간질밥: 손으로 몸을 건드려 간지럽게 하는 것을 비유적으로 이르는 말

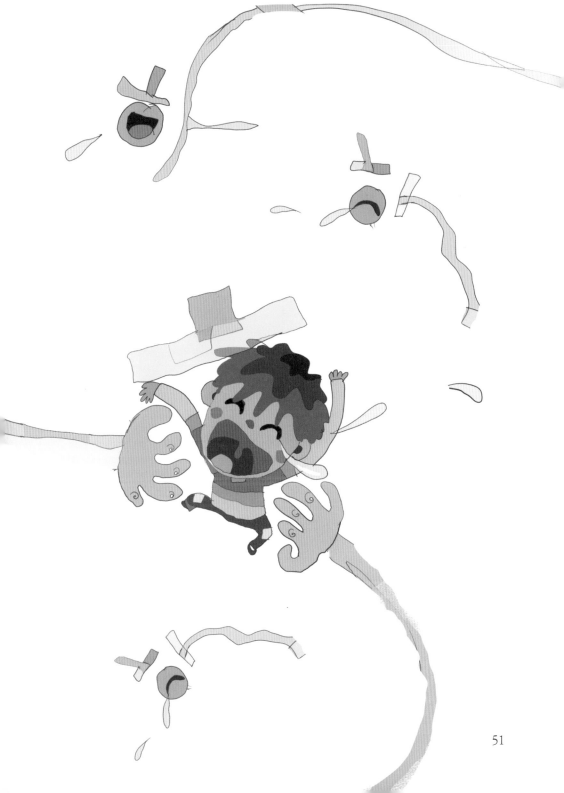

눈칫밥

재작년엔 논 가운데로 아스팔트 길이 났고
작년엔 골리앗처럼 비닐하우스가 찾아왔는데
올해는 압축 포장 사일리지*가
여기저기 버티고 있네요.
드넓던 들판이 자꾸만 좁아져서 걱정이에요.
그뿐인가요?
이쪽에는 아파트, 저쪽으론 굴뚝 높은 공장
날개 훨훨 펼치고 마음껏 날기도 어려워요.
빠앙! 빵! 자동차 소리에 두리번거리며
오늘도 겨우겨우 눈칫밥 먹고 있어요.
내년엔 어디로 가야 할까요?

-해마다 찾아오는 재두루미 가족 일동-

*눈칫밥: 눈치를 보면서 먹는 밥, 즉 마음을 편하게 가지지 못하는 상황을 이르는 말
*압축 포장 사일리지: 소먹이로 사용하기 위해 볏짚을 포장해 놓은 덩어리

기름밥

열한 살 효석이가
만지작거리면

고장 난 선풍기도
윙윙 돌아가고

먹통 드라이기도
슈우웅 살아난다.

-손 야무진 걸 보니
기름밥 먹는 기술자가 되겠구먼.

할머니가
효석이 어깨를 토닥인다.

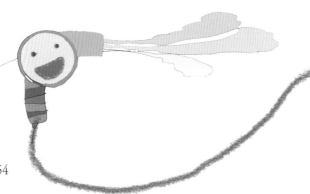

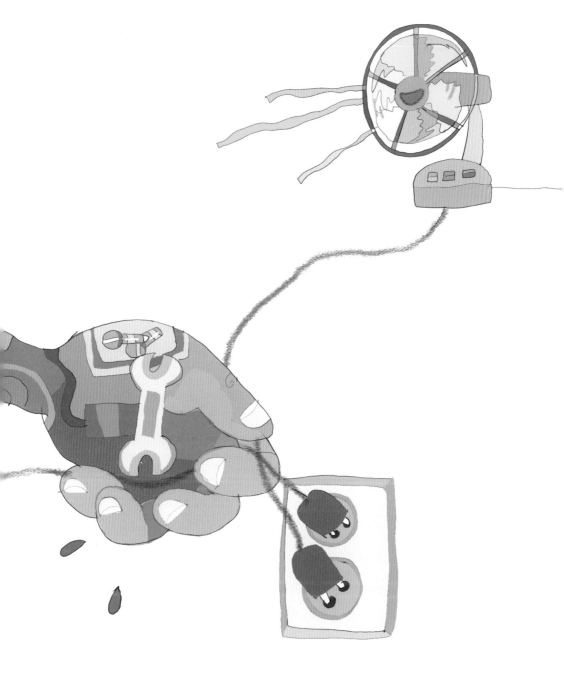

*기름밥: 기름칠 등과 기계를 다루는 일을 하는 사람을 이르는 말

소나기밥

식탁이 온통
풀밭이라며

밥알을
콕콕 찍던 민혁이

오늘은
금세 한 공기
뚝딱 비우고
더 먹는다.

맛 좋은 갈비찜이
소나기밥 몰고 왔다.

*소나기밥: 어쩌다 갑자기 많이 먹는 밥

나랏밥

경찰이 된
막내 삼촌이

단정하게
제복을 입었다.

-말썽만 피우더니
나랏밥 먹게 되었네.

울먹이는
할머니, 할아버지 앞에서

멋쩍은 삼촌이
힘차게 경례한다.

-충성!

*나랏밥: 나라와 관련된 일을 하면서 먹는 밥을 비유적으로 이르는 말

집밥

별 반찬 없이
된장찌개 하나로도

굳었던 마음이
사르르 풀어지지.

차갑던 마음이
후르르 데워지지.

생각만으로도
집밥은
가슴 따스한
엄마 사랑 가득해지지.

*집밥: 집에서 지은 밥, 집에서 먹는 밥

밑밥

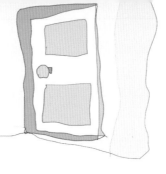

엄마 퇴근하는
소리 들리자

숙제 해놓으라던
말이 떠오른 준규

혼나기 전
이불 둘러쓰고
아픈 척

-아이고 머리야!

밑밥을 깐다.

*밑밥을 깔다: 낚시할 때 미끼로 던져 주는 먹이로, 목적을 위해 사전에 준비한다는 뜻

감투밥

경기 마친
씨름 선수들이
밥을 먹는다.

겉절이에
한 숟갈 뚝딱

불고기에
한 숟갈 뚝딱

생선조림에
한 숟갈 뚝딱

-힘은 역시 밥심!

높다란 감투밥이
금세 무너진다.

*감투밥: 밥그릇 위로 수북이 솟아오르도록 많이 담은 밥

동냥밥

뭉텅뭉텅
털이 엉긴
떠돌이 개

흰둥이네서
밥 한술 얻어먹고
나오더니

누렁이네서
얼쩡얼쩡
끄으응 끙

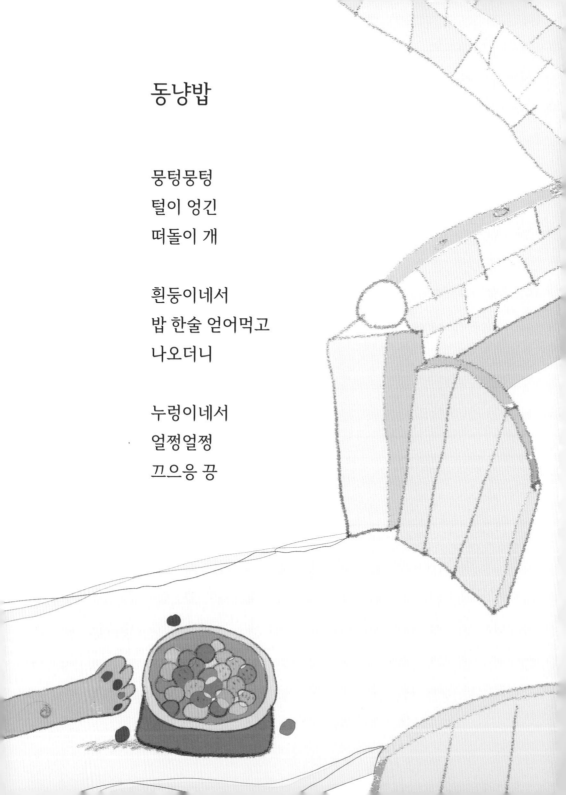

맘씨 좋은
누렁이가 슬며시
밥그릇을 내어주자

허겁지겁
동냥밥을 먹는다.

*동냥밥: 구걸하거나 빌어서 먹는 밥

잿밥

성적 오르면
선물을 준다는
엄마 말에

-선물이 뭔데요?

공부할 생각은
멀리 던져 놓고

주혁이는
잿밥에만
눈독을 들인다.

*잿밥: 겉으로 내세우는 것과 상관없는
이익을 비유적으로 이르는 말

삼층밥

엄마 없는 날
누나가 한 밥

설익은 3층
그런대로 익은 2층
새카맣게 탄 1층

그래도
기죽지 않고
당당하다.

-삼층밥도
아무나 하는 건 아니거든.

*삼층밥: 중간은 제대로 되었으나 맨 위는 설고, 맨 밑은 탄 밥을 농담으로 이르는 말

주먹밥

두 손으로
꾹꾹 눌러
둥글게 둥글게

뭉쳐라! 뭉쳐라!
주먹만 한 주먹밥

한 덩이만 먹어도
든든해지는 주먹밥

주먹처럼
불끈
힘을 내라고 주먹밥

*주먹밥: 주먹처럼 둥글게 뭉친 밥 덩어리

4부

먹자! 먹자! 맛있는 밥

보리밥

보리밥은
뿡, 뿌우웅
어김없이
방귀 노래를
부르게 하지.

방귀 노래는
조심조심
픽, 피시식
숨길 수는 있어.

하지만
보리밥이
절대 못 숨기는 것 있지.

바로
술술 흘러나오는
구수한 방귀 냄새야.

쌀밥

가끔
토라지긴 해도

언제나
엄마 품이 좋듯

쌀밥도 그래.

가끔
피자나 스파게티에
끌리기도 하지만

다시
엄마 품처럼
쌀밥은
차암 편안하잖아.

엄마 품처럼
쌀밥은
차암 편안하잖아

엄마

찰밥

생각도
찰싹

행동도
찰싹

너랑
나랑은
찰밥이야.

쫀득쫀득하게
붙어 다니니까.

튀밥

쌀, 보리, 콩
뻥튀기 기계 속에서

어둠을 이겨 내고
뜨거움을 이겨 내고

나갈 준비~ 땅!

뻥!

툭툭툭툭
후투투투투 투투
튀어나온 튀밥

와르르 쏟아져
숨을 고르다가
자루에 들어가서
편안히 쉰다.

*튀밥: 쌀이나 옥수수 따위를 튀긴 것

김밥

밥
계란
시금치
단무지
당근
우엉
햄

모두
따로따로였는데

김 한 장이
오롯이 감싸 주자

김밥!

꼬옥 껴안은
한 식구 되었네.

콩밥

콩밥이 되는 게 쉬웠는 줄 알아?

까치 눈 용케 피해
불끈불끈 땅을 뚫고 나와
푸르게 푸르게 꼬투리 만들었어.
볼록볼록 꼬투리 속에서
쏙쏙쑥쑥 햇빛 달빛 먹고
태풍 건너고 가뭄 이기고
다글다글 단단해졌어.

콩밥이 되기까지 잘도 견뎠지.

비빔밥

취나물
곤드레나물
도라지나물
콩나물

밥을 껴안고
얼크러지세.

이 맛 저 맛
모여모여
맛이 나는 비빔밥

너랑 나랑
우리가 함께라서
즐거운 비빔밥

양념장 친구도 괜찮고
고추장 친구여도 좋지.

신나게 비벼 보세.
맛나게 한판 놀아 보세.

국밥

훌훌 말아
뚝딱 먹으면

땀이 송글
배가 든든

마음이 따뜻
힘이 불끈

국밥 한 그릇이면
무엇이든
거뜬하게 해낼 것 같아.

*국밥: 국에 밥을 말아 내는 음식

눌은밥

실패한 밥?
아니, 아니.

태운 밥?
아니, 아니.

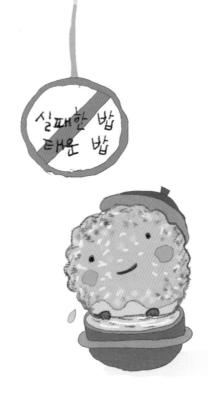

고소해지라고
일부러 눌렸지.

한소끔 끓여
한 사발 먹으면
-아, 구수해.
속이 시원해지지.

*눌은밥: 솥이나 냄비 바닥에 눌어붙은 밥에 물을 부어 끓인 밥

오곡밥

잔치잔치
대보름 잔치

찹쌀, 찰수수
차좁쌀, 붉은팥, 검정콩
오곡밥 잔치

고사리, 도라지
시래기, 호박고지
토란대, 표고버섯
가지, 다래 순, 곤드레
온갖 나물 대잔치

둥가당 칭칭
둥가당 칭칭
농악대 소리와
맛있게 어우러지는

몸도 튼튼
마음도 튼튼
대보름 잔치

*오곡밥: 다섯 가지 곡식으로 지은 밥.
정월 대보름 전날 저녁에 나물과
함께 먹는 전통이 있다.

싸라기밥

싸라기면 어때?

나도
밥이 될 수 있어.

싸라기면 뭐 어때?

나도
어엿한 싸라기밥 한 공기

싸라기면 뭐 어때?

나도
보릿고개 시절엔
금싸라기만큼 귀했대.

*싸라기: 쌀의 부스러기

무밥

무는
재주도 많지.

깍두기
동치미
단무지
무말랭이
무 차를
만들고

입맛 돌게 하는
무밥도 만들지.

구수한 냄새
벌렁벌렁
코를 지나
마음 가득 채우지.

*무밥: 쌀에 무를 섞어 지은 밥

교과 연계
국어 1학년 1학기 5단원 여러 가지 낱말을 익혀요
국어 1학년 2학기 8단원 느끼고 표현해요
국어 2학년 1학기 2단원 말의 재미가 솔솔
국어 2학년 1학기 4단원 분위기를 살려 읽어요
국어 3학년 1학기 1단원 생생하게 표현해요
국어 4학년 1학기 4단원 뜻을 생각하며 읽어요
국어 5학년 2학기 8단원 우리말 지킴이

풍풍 동시샘

밥 밥 별별 밥

박소명 동시 | 신외근 그림

초판1쇄 2025년 1월 20일
펴낸이 조인숙
펴낸 곳 도서출판 하늘우물
출판등록 제402-2020-000012호
주소 (15882) 경기도 군포시 송부로 222, 511동 1103호
전화 070-7818-7794
모바일 팩스 0508-912-1520
이메일 booklove34@naver.com
블로그 naver.com/booklove555
인스타그램 skywell815

ISBN 979-11-93604-03-8   73810

동시 박소명

어린 시절 들과 숲과 강가에서 신나게 놀며 자랐어요. 글을 쓰면서 발로 뛰는 경험을 좋아해 세계 여러 나라를 여행하고, 체험한 것들을 씨앗으로 시와 동화, 역사, 여행, 신화에 관련된 다양한 책을 출간했어요.
〈광주일보〉, 〈동아일보〉 신춘문예에 동화가 당선되었고, 오늘의 동시문학상, 황금펜아동문학상, 한국아동문학상을 받았어요.
동시집《뽀뽀보다 센 것》《올레야 오름아 바다야》《와글바글 식당》외 다수, 동화책《흑룡만리》《오현, 바람을 가르다》《70년대 이야기 속으로 풍덩》외 다수, 어린이 지식교양책《세계를 바꾸는 착한 똥 이야기》《방구석 유네스코 세계유산》《질문으로 시작하는 세계 신화》외 여러 권이 있어요. 또 오디오북과 전자책으로 출간된 어린이를 위한 여행기《방구석 딩굴딩굴 아시아 여행》《방구석 딩굴딩굴 유럽 여행》도 있답니다.
이메일_16somsom@hanmail.net

그림 신외근

경희대학교 미술교육과를 졸업한 후 광고 회사에서 디자이너와 아트 디렉터로 일했어요. 여러 대학에서 광고 디자인 강의를 했으며 스토리보드·광고 일러스트레이터로 활동하고 있어요.
그린 책으로는 동시집《여섯 번째 손가락》《할아버지의 발톱》《민물고기 특공대》《와글와글 갯벌》《우리나라 야생동물 찾기》가 있어요. 동화집《빼빼로데이》《백두산 검은 여우》《나는 앨버트로스다》《흥얼흥얼 노래하는 고슴도치》《70년대 이야기 속으로 풍덩》《얼굴나라 전쟁》《고양이 로하의 집사 만들기 작전》이 있어요. 그림책《수중 발레리나가 된 수달》, 교양서《기후변화에 관심을 가져야 하는 12가지 이유》가 있어요. 다양한 책에 그림을 그려 어린이들에게 즐거움을 주고 있어요.
블로그_http://blog.naver.com/shin5065

☁ 하늘우물 어린이 문학

이야기 새싹(초등 저학년)

흥얼흥얼 노래하는 고슴도치

조소정 글 | 신외근 그림

행복을 찾아가는 도치 이야기를 만나 보세요. 나의 행복을 찾아보는 소중한 시간이 될 거예요.

이야기 꽃(초등 중학년)

얼굴나라 전쟁

박지숙 글 | 신외근 그림

작자 미상의 한글 소설 《여용국평란기》를 재해석하여 창작한 장편동화예요. 얼굴나라에서는 어떤 전쟁이 일어나는지 알아보세요.

고양이 로하의 집사 만들기 작전

조소정 글 | 신외근 그림

한국어린이교육문화연구원 〈으뜸책〉 선정도서

얼룩 고양이가 주인공이 되어 대화하듯 편하게 이야기를 들려줘요. 자신을 아끼고 돌볼 집사 만들기 작전을 펼치는 재미난 이야기랍니다.

이야기 열매(초등 고학년)

70년대 이야기 속으로 풍덩

박소명 글 | 신외근 그림

70년대 아이들은 어떤 삶을 살았을까?
이 질문에 대한 답을 얻을 수 있는 재미난 단편동화 9편이 담긴 동화집이지요.

퐁퐁 동시샘

우리나라 야생동물 찾기

조소정 글 | 신외근 그림

멸종위기 야생동물에 관한 동시와 세밀화 기법으로 그린 멋진 그림이 어우러진 동시 그림책이랍니다.